蛍の舞う庭に焼夷弾

少年の見た太平洋戦争の記憶

川合二三男

22世紀アート

昭和五年（一九三〇年）生まれの私は、十二月になると九十歳だ。趣味はテニスと囲碁である。ところが、新型コロナウィルス流行のため市営の施設が使えなくなって、どちらも出来なくなってしまった。今日もテニスの仲間の一人から電話があって、「本当にいやになっちゃうな。ストレスがたまるよ」と言う。私には気管支喘息《ぜんそく》という持病があるので、コロナウィルスにかかったら、命取りになる。早く終息してほしいが、相手はしたたかだ。医療崩壊のおそれもある。家に閉じこもって考えている。今までの人生の中で、いつ死ぬかわからないという危機的状況に立たされたことがあっただろうか。それは、生家がアメリカの超大型爆撃機B29に爆撃された時だ。私が中学三年生だった昭和二十年（一九四五年）夏、生家は焼夷弾《しょういだん》で焼かれてしまった。大きな家で、広い庭があった。少年時代の思い出がいっぱい詰まった家であり、庭だった。その思い出を書いてみよう。

父も母も薬剤師で、群馬県庁の所在地である前橋市の本町という所で薬局を営んでいた。私たち家族が「お店《み》せ」と呼んでいた場所にはコの字形の土間があり、外から入って来たお客から見ると、正面には畳《たたみ》を敷いた六畳《じょう》ほどの場所があって、そこに置かれた大きな火鉢にはいつも練炭で火が焚《た》かれ、湯が沸《わ》かされていた。着物《きもの》姿の父がそこに坐《すわ》ってお客に対応し、親しいお客にはお茶や菓子を振る舞っていた。お客はあがりかまちに腰をおろして、どんな病状だとか、どんな薬がいいだろうとか父と話し、中には世間話をしてゆく人もいた。

土間の右手にはガラスケースが置かれ、その中には脱腸帯などが展示してあった。さらにその右手は土間が別のガラスケースでさえぎられ、その奥には薬戸棚が並び、その中には、いろいろな薬品が納められていた。

土間の左手にも薬品を展示したガラス戸棚や、薬を調剤する種々の材料を納めた引き出しの沢山着いた薬戸棚が並んでいた。

昭和初期のその頃には、現在とは違う市販薬が多く売られていた。市販薬のほかに調合した薬も売るのが薬局で、薬剤師が居なくて市販薬だけを売る店を薬種商と呼んでいた。

土間の一隅には大きな鉢が置かれていて、その中では沢山の蛭《ひる》が泳いでいた。叔父の家の二階では祖父が病気で寝ていた。ある日、起きあがって布団に坐った祖父の背中に、看護婦だった叔母が数匹の蛭《ひる》を乗せていた。悪い血を吸わせていたのだ。血を十分に吸った蛭は、ころんと布団の上に落ちた。

店にはニッキの大きな束が吊してあった。

店の正面奥にはガラス戸で仕切った小部屋があり、ガラスには「薬局」と書いてあった。この「薬局」の中で父や母が薬の調合をしていた。いろいろな薬品を混ぜて売薬を造るのが調剤である。調剤は、資格を持った薬剤師にしか許されない。現在は「医薬分業制度」になった。医師が患者に渡す処方箋《しょほうせん》をもとに調剤薬局の薬剤師が調剤して患者に渡す仕組みになっている。

わが家《や》の「薬局」の中には、いろいろな薬品（薬剤）が並んでいた。当時、わが家には「ミーコ」という名の猫がいた。ある日、ミーコが薬局の中に入り込んで、床に散らばった薬剤の中を転げ回っていた。そばに転がった薬びんには「またたび」と表示してあった。またたびの果実は食用、薬用として使われ、猫の大好物として知られている。字の読めないミーコが、どうしてそのびんの中にまたたびの入っているのがわかったのか、いまだにわからない。

店のすぐ裏には四畳半の部屋と六畳の部屋があり、四畳半の部屋の先には、「お勝手」と呼ばれていた板の間と水場があり、釜や食器戸棚があって、母が調理をしていた。

八畳の部屋には大きな仏壇があった。仏壇には位牌《いはい》や仏像などが安置されていた。そして、仏壇の手前の畳には、いつも酒の入った一升瓶《いっしょうびん》や水の入った一升瓶が置いてあった。

当時の我が家《や》にはいつも、いろいろな人が出入りしていたが、その中には、仏壇の前でお経を唱《とな》えながら、その一升瓶の水を呑《の》み干してしまう人がいると、母から聞いたことがある。

薬局の裏にあたる、座っていて丁度よい箇所に丸い穴があいていて、店にお客が来るとのぞけるようになっていた。父はいつも店《みせ》に居るわけではなくて、この、穴をのぞける場所に座って店番《みせばん》（お客と応対することを、我が家では、こう呼んでいた）をしていた。私も時々、店番をさせられた。小学校から帰宅すると、よく店番をすることがあった。ある日、店番をしていると、店の外を歩いていたおばさんのはいていた下駄の鼻緒《はなお》が切れて困っているのが見えた。急いで道路に出て行って声を掛け、店の中に入ってもらい、いつも用意している革の鼻緒を使って直してあげた。たいそう喜ばれ、こちらも嬉しかったのを覚えている。

店番をしていて、外の道路を歩いている人たちを見るのが好きだった。道路の向い側は

「丸茂《まるも》」という材木屋で、馬や牛が材木を大きな荷車に乗せて運んできた。それらが糞《ふん》をして、乾燥すると風に運ばれて、我が家の方まで飛んできた。

材木屋の母屋《おもや》の屋根には避雷針が立っていた。真夏には雷がよく鳴った。近所の宿屋《やどや》（旅館）には東京帝国大学（現東京大学）の教員や学生が泊って、雷の研究をしていた。

我が家の庭には「三隣亡」とか、名前のわからない、四、五体の石像が立っていた。そのうちの一体は、材木屋の避雷針に落ちなかった雷が我が家に落ちるのを防げるのだと、誰かが教えてくれた。「三隣亡」というのは陰陽道に関係があり、この日に建築を始めると火事が起こって、隣近所を滅ぼすという迷信があるらしい。

薬局の裏の部屋のさらに奥には六畳の部屋があり、ここは家族が食事をしたり、寝たりする部屋で、両側に押し入れがあって、布団や家具が収納されていた。その部屋の隅《すみ》に机を置いて勉強した。兄や姉がどこで勉強していたのか、全く思い出せない。奥の客間か二階の部屋だったのではないか。

六つ違いの兄とは一緒に遊んだことはなかった。唯一思い出せるのは、野良猫が店に入り込んできた時だ。兄が長い棒の先に脱脂綿をくりつけ、それにアンモニア液をしみ込ませて猫を薬局や店の中を、あちこち追い回したのだ。私もそれに参加した。追いつめられた猫は、厚いガラス戸を破って逃げ出した。「窮鼠《きゅうそ》猫を嚙む」という言葉があるが、「窮猫《きゅうびょう》ガラス戸を破る」だった。

何歳の頃だったか覚えていないが、何か悪いことをしたらしくて、押し入れに入れられた私は、暗闇がこわくて泣いていた。

薬局の裏の四畳半の部屋で、母は時々、乳鉢《にゅうばち》の中で薬品を砕《くだ》いたり、はまぐりの空《あ》き殻《がら》の中に膏薬《こうやく》を詰めていた。

母が調剤したカゼ薬はよく効《き》くという評判で、買いに来る人が多かった。市販薬のようには名前がついていないので、母が私に良い名前はないだろうかと相談《そうだん》したことがあった。当時、意味不明の「ケチョンパチン」という言葉がはやっていたので、その名にしたらどうだろうというと賛成してくれた。マラリアの特効薬であるキニーネを入れたこの薬は、本当によく効いた。

六畳の居間の先には板張りの廊下が奥の八畳の部屋まで続いていた。途中の右手には男女兼用の便所二つと男性用の便所があった。便所の中には、新聞紙を切った紙が箱の中に入れてあった。現在使われているような柔らかいトイレットペーパーはなかったし、水洗式トイレもなかった。「汲《く》み取り」といって、近在の農家の人が前後に糞尿《ふんにょう》を汲《く》みとる桶を吊した天びん棒をかついで、やってきた。汲み取った糞尿は、農家の人が田んぼや畑の隅に掘った大きな穴の中に入れて、しばらくの間その穴の中で熟成させてから田んぼや畑にまいて肥料にする。また、藁束《わらたば》などを積み上げた上から掛けて堆肥《たいひ》という肥料を作る。

ところで、その汲み取り口が我が家の地所にはなかった。どうしたかというと、隣家と我が家の間の露地に農家の人に入ってもらって、汲み取りをしてもらっていたのである。隣家は洋服の仕立て業をしていて、私と小学校が同学年の女の子と、その姉がいた。私は時々遊びに行って、下の女の子と、その家の縁側《えんがわ》に腰かけて、当時はやっていた「皇軍将棋《こうぐんしょうぎ》」をした。普通《ふつう》の将棋の駒の名ではなくて、歩兵・大将・タンク・地雷などの名がつけられていた。

我が家の事に戻ると、便所の反対側には、十人も入れそうな大きな浴槽と、それにふさわしい洗い場があった。私の少年時代には一度も使われなかった。私は父に連れられて近所の「天狗湯」という銭湯に行った。

私の家の浴槽の左手は台所で、その壁には鰯を乾した目差しや頬差しが吊してあった。風呂場の先には渡り廊下があって、途中に表《おもて》の道路から庭に通り抜ける通路があった。渡り廊下の突き当たりに階段があって、そこをあがると、やや左に二階への階段があった。階段をあがると、右手に縁側《えんがわ》にとり囲まれた八畳ほどの部屋があり、母の父である私の祖父が中気（高血圧症）で寝ていた。その隣の、やはり八畳ほどの部屋には書棚があって、多くの本が並んでいた。その中には『西遊記』や『南総里見八犬傳』などがあった。私は中学生になってから、『西遊記』を読んだ。漢文調の本で難解だったが読み通した。

叔父の家の階下には八畳と四畳半の和室があって、母の弟である叔父と、日赤に通って看護婦をしていた叔母、三人の子供たちが暮らしていた。台所は広くて、梅を漬けた瓶などが並んでいた。

叔父はハイヤーの運転手だった。商業学校を卒業していて、前橋中学に入学した私の兄を「マエチュー、マエチュー」と呼んでいた。

薬局の隣が広いスペースになっていて、一台のクルマが止めてあった。叔父の愛車である。洗車する水道もあった。この広いスペースは叔父が仕事ででかけると安全な広場になり、近所の子供たちの遊び場になった。よく、女の子たちが四、五人で歌いながらナワトビをしていた。「十五夜お月さん」などがよく歌われていた。

母屋の方に戻ると、便所の先には、右手に階段があり、それを登ると、二階には四畳半の小部屋と八畳の部屋があった。

母の話では、昔、この二階に居た時、大正十二年（一九二三年）九月一日に関東大震災が起こり、びっくりして腰が抜けてしまい、二階から下りられなくなったという。私の生まれる七年前のことである。

飼い猫のミーコはねずみをつかまえるのが上手で、ある時、くわえてきたねずみを、この階段の下で食べていたことがあった。

階段の下は廻り廊下になっていて、八畳の客間をぐるりと取り囲んでいた。廊下からは庭が見渡せた。左手手前に井戸、その先の左手に藤棚と叔父の家、その右に池、右手には隣家との境の板塀《いたべい》があった。板塀のこちら側には、いちじく、金木犀《きんもくせい》などの木があった。その左の細道は、左手に築山《つきやま》があって、その先に物置小屋が見えた。

廻り廊下の一隅に、布団を収納する小部屋があった。そこに縞《しま》模様の大風呂敷に包まれた布団《ふとん》があった。母の話では、昔、家に泥棒が入って、家財をその大風呂敷に包んで逃げる途中、家人に見とがめられ、捨てていったのだという。

客間に入ると、右手に飾り棚があり、その左手に床の間があって、いつも掛け軸《じく》が掛けてあった。私の記憶に残っているのは、鯉《こい》が滝を登っている軸だった。

私の兄は旧制前橋中学を卒業して旧制桐生高専（現群馬大学工学部）の機械科に入学した。同級生がよく遊びに来た。来ると、この客間に通された。よく一緒に歌っていたのは、「勝った勝ったよ、機械が勝った。電気しびれて手が出ない」という応援歌だった。

母はその同級生たちに仇名《あだな》というか、苗字《みょうじ》とは違う呼称をつけていた。その一人《（静）》につけたのが「実際さん」だった。その人はどういう事情があったのか、床の間の前に正座して「実際、実際」と、意味不明のことを言いながら泣くのである。最近テレビのコマーシャルの中で「インディード」という英語が使われるが、これを聞くと「実際さん」のことを思い出すのである。indeed（インディード）を辞書でひくと、「確かに」とか、「実に、本当に」とか、「実際は、それどころか」と訳されている。

客間のなげし（長押）には、古びた手槍や十手などが入っていた。また、いろいろな絵が押し込んであった。それらの絵は日本の歴史や神話に関係したものが多く、「加藤清正の虎退治」とか「いなばの白うさぎ」などがあった。

客間では、姉や姉の友だちと、かくれんぼなどをして遊んだ。姉が友だちと庭にむしろを敷いて、ままごと遊びをしているのを、縁側《えんがわ》から見ていたこともあった。

渡り廊下から叔父の家に行かないで、下駄《げた》をはいて庭に入ってくると、井戸がある。ポンプを押して水を出すと、出た水がコンクリートの上を渡って、かなり先の方の下水溝《げすいこう》まで流れて行った。このコンクリートの流《なが》しの上では洗い物や洗濯《せんたく》をした。また、西瓜《すいか》やトマトなどを冷やした。下水溝の手前のコンクリートの割れ目には多くのみみずがうごめいていた。私より歳下《としした》の姪《めい》や甥《おい》は、よく、この水場で裸になってはしゃぎまわっていた。

井戸の先には叔父の家の大きな藤棚《ふじだな》があり、その季節になると、美しい花が沢山咲いた。消毒をしないので、沢山の毛虫が糸の先にぶらさがった。

藤棚の先には、叔父の家の台所口があった。その正面に、かなり大きな池があり、鯉《こい》が泳ぎ、ガマガエルが姿を現わした。季節が来るとオタマジャクシが泳ぎ、たくさんの青蛙になった。夏にはトンボが交尾し、池のそばの木で蝉《せみ》が鳴き競った。

池の手前はかなり広い庭になっていて私たち子供の遊び場だった。そこに大きな松の木があって、私は一日に何回もその幹に小石をぶつけて遊んだ。この遊びは、のちに草野球をする時に役立ったと思う。

松の木の右手には築山があって、その頂上には大きな枇杷《びわ》の木が一本、立っていた。季節が来ると沢山の実がなった。私はその木に登り、実をもぎって皮をむいて食べ、皮を投げ捨てた。

築山の右側には細い道があり、客間の縁側から見ると正面に見えた。したがって、築山は左手になる。中学三年生の時、私はこの築山の一角《いっかく》に防空壕《ごう》を掘った。

この小道の先には物置小屋《ものおきごや》が建っていた。小屋の手前にも左方へ向かう小道が通っていて、曲り角に椿の木と松の木があった。椿の木には早春、花が咲き、実がなった。その実を割ると種が出てくる。その種からは椿油がとれる。中学生になると、この椿の種で学帽の記章《きしょう》を磨いた。

客間と椿や松の木の間の、築山の反対側の小道のわきには、小さな稲荷《いなり》の祠《ほこら》が立っていた。稲荷は五穀《ごこく》をつかさどる神で、狐《きつね》はその使いとされる。

その先の、棕梠《しゅろ》の木の根元にある四、五体の石像の一つは猿田彦と呼ばれていた。何者か、わからない。

小道の右手奥の、隣家との境となる板塀《いたべい》の手前には、五、六本の、見上げるように高いひば（あすなろ）の大木が立っていた。飼い猫のミーコは、ある日、どこからか庭に入ってきた犬に追われて、一本のひばの木のてっぺんに逃れたが、そのショックで死んでしまった。

客間の縁側から見ると、正面に、二階の屋根よりも高く成育した金木犀《きんもくせい》と無花果《いちじく》の木があった。金木犀の花は大量に咲いて、その花びらは客間や二階の座敷にも舞い落ちた。無花果の木にも、毎年、実がなった。

この茂った「木の下闇《やみ》」には、夏になるとヒカゲトンボが飛んで来て、枝にぶら下った。このトンボ（蜻蛉）は、とまるのではなく、ぶら下がるのだ。そのほか、我が家《や》の庭には、糸トンボ、シオカラトンボ、マメトンボ、クルマトンボ、オニヤンマなどがやってきた。秋になると、松の木の上の方をアキトンボが群をなして、スイスイ飛んだ。セミ（蝉）もやってきた。アブラゼミ、ニイニイゼミ、ミンミンゼミ、ツクツクホウシなどが、あちこちにとまって鳴いた。私は友だちの前でツクツクホウシの鳴き方《かた》を、次のようにまねしてみせた。

「ジュクジュクジュク、オーシンジュク（繰り返す）…オーシンジュク、オーシンジュク（テンポが早まる）、チー」

はいて古くなったパンツを材料にして、セミやトンボを捕える袋を手づくりし、竹の棒の先にくくりつけて、友だちとセミやトンボをとり、かごに入れたり、標本《ひょうほん》をつくったりした。標本は理科の実物見本で、薬局からもらってきたテレピン油を塗って、防腐剤にした。

庭のあちこちに小さな穴があいていた。その穴に水を入れると、何年も地下で暮らした後に地上に姿を現わす脱皮前のセミが這《は》い出してくる。それをつかまえて、あらかじめ用意しておいた木の枝にとまらせて、夜中から明け方まで、数人の友だちと観察したことがあった。今と違って、おおらかな時代であった。時が来ると、脱皮前のセミが背をそらせ脱皮する。脱皮したセミ（たいていはアブラゼミだった）は、はじめは真っ白だが、時間の経過とともに、アブラゼミの場合には茶色に変ってゆく。神秘的な瞬間だ。

庭は私にとって、貴重な観察をする場所であった。

家のコンクリートの土台の下の部分にはツチグモ（土蜘蛛）が巣を造っていた。白い袋状の巣をはがして、土ぐもを土の上で歩かせたりした。

ある日、客間の縁側に坐って庭を眺めていると、床下から巨大な蛇《へび》が這い出してきて、物置小屋の方に向かっていった。青大将だ。親に話すと、あれは、この家の守り主《まもぬし》だという。家の守り主の生きものは、ほかにもいた。ヤモリ（家守）だ。屋根裏から出てきて、壁の上を這ったり、じっと動かずにいたりした。

夏になると、どこからともなく、たくさんの蛍《ほたる》が飛んで来て、庭のあちこちで、その光が点滅した。

当時は現在のように化学肥料を使わなかったので、田んぼでは蛍が乱舞していた。

「ホーッ、ホーッ、蛍来い。こっちの水は甘いぞ。あっちの水は苦いぞ。ホーッ、ホーッ、蛍来い」という歌が歌われていた時代だった。

我が家《や》から一〇〇メートルほどのところに国鉄(現在のJR)両毛線の前橋駅があった。踏み切りを渡った向う側には、ずっと田んぼがあり、その間のところどころに用水池があって、養殖の鯉《こい》が泳いでいた。そういう所で生まれた蛍が飛んできたのであろうか。

ある日、庭を飛んでいた蛍を、せみやとんぼをとる網でつかまえて、竹で編《あ》んだ虫かごに入れて客間に吊るしたことがあった。かなりの数が入っていたと思う。部屋の電灯を消し、本を持ってきた。蛍の光で本が読めた。

当時、『蛍雪《けいせつ》時代』という学習雑誌があった。辞書によると、苦労しながら勉強することを「蛍雪《けいせつ》」といい、中国の『晋書《しんしょ》』（『晋書《しんしょ》』）には、晋の車胤《しゃいん》は家が貧しくて灯油が買えなかったので、蛍《ほたる》の光で書を読み、孫康《そんこう》は雪の光で読書したという故事《こじ》が載っているという。また、「蛍の光」という歌がある。昭和五十六年から五十八年にかけてある新聞に連載された「歌をたずねて」という記事によると、明治十四年から十七年の間に編さんされた最初の『小学唱歌集』には「蛍」という曲目で載せられていた。この唱歌はしだいに全国に浸透し、「蛍」は「蛍の光」と呼ばれるようになったという。「蛍の光、窓の雪、文《ふみ》読む月日重ねつつ…」というこの歌は、別れの儀式などで多く歌われるようになった。

私は雪の光で本が読めるかどうか試《ため》したことはないが、蛍の光で読めることがわかったのは貴重な体験だった。

我が家《や》の庭の一隅《いちぐう》にあった物置小屋の入口から入ってすぐ右手には、二階への階段があった。階段の下に「にんにくあめ」の瓶《びん》詰めが積み上げられていた。時々、それらの瓶の一つをとり上げて、ふたをあけ、中味のあめをなめた。おいしかった。このあめ（飴）は祖父が製造、販売した商品の売れ残りだった。祖父はいろいろな商品を考え出したようだ。当時、戦地に行く兵士に持たせる腹巻きには、「愛国婦人会」というタスキを掛けた婦人たちが、道行く女の人たちに「お願いします」と声をかけて、それらの腹巻きに一針ずつ糸を通してもらっていた。それを「千人針《せんにんばり》」と呼んでいた。ところが、そうした腹巻きには、中国戦線などで兵士が使っていると、のみ、しらみ、南京虫《なんきんむし》などが寄生して、かゆくて仕方がない。そこに注目した祖父は、それらの腹巻きに害虫よけの薬を入れてみた。戦時中のことだから、軍にも寄付したのではないだろうか。

祖父が何よりも力を入れて製造、販売したのは、絹の布だったらしい。当時の前橋は生糸製造の街で、郷土の詩人萩原朔太郎が、

「広瀬川白く流れたり
時さればみな幻想は消えゆかん。
われの生涯《らいふ》を釣らんとして
過去の日川辺に糸をたれしが

ああかの幸福は遠きにすぎさり
ちひさき魚は眼にもとまらず。」

と詠んだ広瀬川の周辺や各地で生糸を製造していた。その動力として水車が使われていた。私の通った小学校への通学路の途中にも、そうした水車の一つがあった。これらの生糸や絹布は横浜へ運ばれ、アメリカなど外国に輸出された。ところが、私の生まれた前年の昭和四年（一九二九年）の十月に始まった「世界大恐慌《きょうこう》」でアメリカの多くの企業や銀行が倒産し、祖父の取り引き先も倒産したので、絹布の輸出に頼っていた祖父の会社も倒産したのだ。そのショックもあって祖父は病気になったのであろうか。

私の子供の頃に、我が家《や》には多くの人たちが出入りしていた。親戚の人や知人ばかりではなく、元従業員だった人もいたと思う。親に確かめたわけではないが、大きな風呂場も、それらの従業員たちが使用したのではないだろうか。その中の一人と思われる中年女性がある日、私が一冊の本を読んでいると、その本をぜひ貸してくれと言う。その人の息子が映画の助監督とかで、脚本として使いたいのだという。信じられない話だと思ったが、「いいよ」と言って貸した。それからどのくらい経《た》った時だったか、本当にその映画が出来上って、前橋の映画館でも上映されるというので、姉と観に行った。「神州天馬峡」とかいう映画で、白髪の老人がある人物に、「シェッ、シェッ」と言ってサソリという虫をけしかける場面があって、すごく怖《こわ》い思いをした。

物置小屋の二階には、兄の書いた日記帳があった。驚くほど丁寧《ていねい》な字で書いてあった。兄は桐生高専《きりゅうこうせん》（高等専門学校）を卒業すると「短期現役」という制度で中国の青島《チンタオ》に送られ、そこで訓練を受けて海軍の技術将校《しょうこう》になった。海軍少尉になった兄は、その後、終戦まで久里浜の海軍機関学校その他で、海軍の兵士たちに機関その他のことを教えていた。

物置小屋の手前の椿の木の近くにはリンショウバイという木があった。かわいらしい実が沢山なった。その木のそばには二、三脚の腰掛《こしか》けがあった。それに腰掛けた叔父が、私やいとこ（従弟や従妹）たちに、自分で作った針金のピストルに輪ゴムを掛けて、近くに置いたタバコの空箱《あきばこ》に、その輪ゴムを当てて見せた。叔父は器用な人で、子供たちを可愛《かわい》がった。カルメ焼きが得意で、私といとこたちの見ている前でカルメ焼きを作って見せた。「ふくらめ、ふくらめ、ふくらめよ」と言ったのを、今でも覚《おぼ》えている。

叔父は、英語ではなく、一八八七年にポーランド人のザメンホフが創案したエスペラント Esperanto という人工の国際語を習得して、外国人と文通していた。

やがて、叔父のところに、軍隊に出頭《しゅっとう》せよという召集令状（「赤紙」）が届いた。しばらくして出征《しゅっせい》することになり、道路に並んだ大勢の人たちと、「万歳《ばんざい》、万歳《ばんざい》」と言いながら、旗を振って、叔父たち出征兵士を見送った。それが叔父を見た最後になった。

やがて叔母のところに、ベトナムで将校付きの運転手をしているという手紙が届いたが、それきり音信不通になってしまった。

どのくらい経ってか、戦死したという通知と白木の箱が届いた。中に遺骨は入っていなかった。

ある日、戦友《せんゆう》だったという人が訪れた。その人の話では、叔父はニューギニアで餓死《がし》したという。「ブーツ」というところでマラリアという熱病にかかり、食べるものもなく、地面《じめん》に横たわったまま、周囲に生《は》えている草をむしって食べていたが、力盡《つ》きて亡くなったという。ブーツというところがどこにあるかわからなかったが、戦後になって、飯田進氏の書いた『地獄の日本兵―ニューギニア戦線の真相―』(新潮新書)という本を読んだところ、その本の 79 ページの「ニューギニア東岸（二）」という地図に、ブーツという地名が載《の》っていた。

また、この本に引用されている石塚卓三上等兵の記録『ニューギニア東部最前線』(叢文社)という本には、次のような記述がある。「蛇《へび》・蛙《かえる》・蜥蜴《とかげ》・バッタはいう迄《まで》もなく、蛭《ひる》・かたつむり・百足《むかで》・毛虫・蝶々《ちょうちょう》・蟻《あり》・蜘蛛《くも》・蚯蚓《みみず》等も食べた。……私は隣の患者グループの累々《るいるい》たる白骨に向かって敬礼《けいれい》したあと、救援の人達に抱きかかえられるようにして、ブーツを離れた。」

飯田進氏の本に戻ると、「太平洋戦争中の戦死者数で最も多い死者は、敵と撃《う》ち合って死んだ兵士ではなく、日本から遠く離れた戦地で置き去《ざ》りにされ、飢え死にするしかなかった兵士たちなのです。

その無念がどれほどのものであったか、想像できるでしょうか。それは、映画やテレビドラマで映像化されている悲壮観とはおよそ無縁です……二百数十万人に達する死者の最大多数は、飢《う》えと疲労に、マラリアなどの伝染病を併発して行き倒れた兵士なのです」(同書四ページ)

叔父の家の勝手口の前にある心字池の先にはもみじ(かえで)の木があり、右手の築山の枇杷《びわ》の木と高さを競《きそ》っていた。トンボのような実が、沢山《たくさん》なった。その先の方へ歩いて行くと、右手は物置小屋の裏側で、そのへんには金魚草《そう》などの草花が咲き、突き当たりは庭をぐるりと取り巻く塀《へい》だった。そこから右へ行くと、外の露地に出られる戸口があり、そこに二本の銀杏《いちょう》（公孫樹）の木があって、鳩《はと》が巣をつくって、よく鳴いていた。

池や築山の方から歩いて来て、正面の塀の下の方には山吹《やまぶき》があって、春には黄色い花が咲いた。「花は咲けども山吹の実の一つだになきぞ悲しき」という歌がある。

左手の塀の向う側には、証券を取り扱う「東洋会社」と呼ばれる家があった。その家の庭にある四、五本の桐《きり》の木には、五月ごろ筒状の薄紫《うすむらさき》の花が咲いて、塀越しに見えた。その家の娘は私の小学校の同級生で、髪の毛がちぢれていたので、私はひそかに「もずの巣」と仇名《あだな》をつけていた。私の蝉《せみ》とり仲間の一人だった。のちに前橋高等女学校（現在の前橋女子高校）に入学したが、やがて学校が工場のようになり、その中で「風船爆弾」を造る勤労奉仕をすることになる。女学生たちの造った風船爆弾はアメリカに向かって飛ばされ、カリフォルニアあたりに落ちて、山林火災を引き起こしたらしい。

このあたりで、私の小・中学校時代の話をしようと思うが、その前に、どういう時代だったか、山川出版社が一九六一年二月に出版した、東京大学文学部内の史学会が編集した『年表日本史提要』などを参考にまとめてみると、次のようになる。

一九三〇年（昭和五年）　私が誕生した。
四月、ロンドン海軍軍縮条約。
十二月、浜口首相が東京駅で狙撃された。
　内村鑑三、死去（70）
一九三一年（昭和六年）　私、二歳。
九月、満州事変おこる。
一九三二年（昭和七年）　私、三歳。
三月、満洲国成立。
五月、五・一五事件。首相犬養毅、陸海軍青年将校に殺され、政党内閣終る。
一九三三年（昭和八年）　私、四歳。
三月、日本は国際連盟から脱退。

一九三四年（昭和九年）　私、五歳。

三月、満州国帝政実施、溥儀、皇帝となる。

十二月、ワシントン軍縮条約廃棄をアメリカへ通告。

ベーブ・ルース来日。

一九三五年（昭和十年）　私、六歳。

二月、坪内逍遥、死去（77）

八月、八・一宣言（中国共産党の抗日宣言）

十月、島崎藤村の『夜明け前』完結。

十二月、寺田寅彦、死去（58）

湯川秀樹、中間子の概念を導入。

一九三六年（昭和十一年）　私、七歳。

一月、ロンドン軍縮会議脱退を通告。

二月、二・二六事件（陸軍青年将校叛乱。内大臣斉藤実・蔵相高橋是清・陸軍教育総監渡辺錠太郎、暗殺される）

　東京に戒厳令。
十一月、日独防共協定成立。
十二月、日伊協定成立。
一九三七年（昭和十二年）　私、八歳・小一。
一月、永井荷風『濹東綺譚』
二月、志賀直哉『暗夜行路』完結。
　文化勲章制定。
六月、日華事変（〜四十五年八月）
十月、国民精神総動員中央連盟成立。
十一月、日独伊三国防共協定成立。
十二月、日本軍南京占領。
一九三八年（昭和十三年）　私、九歳・小二。
五月、国家総動員法公布。
八月、火野葦兵『麦と兵隊』

十月、漢口、広東《かんとん》の陥落。

一九三九年（昭和十四年）　私、十歳・小三。

五月、ノモンハン事件おこる。

七月、国民徴用令施行。

アメリカ、日米通商条約廃棄を通告。

八月、日英会談決裂。

九月、第二次世界大戦（〜四十五年八月）

日本、ヨーロッパ戦争に不介入声明。

一九四〇年（昭和十五年）　私、十一歳・小四。

三月、汪兆銘の南京政府成立。

九月、日本軍、仏印（フランス領インドシナ）に進駐《しんちゅう》。（注、軍隊が他国の領土内に入って
とどまること）

日独伊三国同盟締結。

十月、大政翼賛会発会。

一九四一年（昭和十六年）　私、十二歳・小五。
四月、国民学校令公布。
　東京・大阪に米穀配給通帳制実施。
　日ソ中立条約成立。
六月、ドイツ、ソ連に侵入。
七月、英・米、日本資産凍結を通告。
八月、日米会談開始。
十二月、太平洋戦争開始（〜四十五年八月）
　（八日、ハワイの真珠湾《パールハーバー》攻撃）
　言論・出版・集会・結社等臨時取締法公布。
一九四二年（昭和十七年）　私、十三歳・小六。
一月、フィリピンのマニラ占領。
二月、シンガポール占領。
五月、与謝野晶子、死去（65）

　翼賛政治会創立。
六月、ミッドウエー海戦。
八月、アメリカ軍、ガダルカナル島に上陸。
一九四三年（昭和十八年）　私、十四歳・中一。
二月、ガダルカナル島の日本軍撤退。
五月、アッツ島の日本守備隊全滅。
八月、島崎藤村、死去（72）
九月、イタリア無条件降伏。
一九四四年（昭和十九年）　私、十五歳・中二。
六月、アメリカ軍、サイパン島に上陸。
八月、学徒勤労《（動員）》令、女子挺進隊勤労令施行。
十月、フィリピン沖海戦。
　本土爆撃始まる。
一九四五年（昭和二十年）　私、十六歳・中三。

一月、アメリカ軍、フィリピンのルソン島に上陸。
三月、東京大空襲。(十日)
四月、アメリカ軍、沖縄本島上陸。
五月、ドイツ無条件降伏。
六月、大政翼賛会解散。
七月、ポツダム宣言発表。
八月、五日、前橋空襲(わが家、焼去)
六日、広島に原子爆弾(ウラニウム爆弾)「リトル・ボーイ(チビ公)」投下。
ソ連、日本に対し宣戦《せんせん》。
九日、長崎に原子爆弾(プルトニゥム爆弾)「ファットマン(ふとっちょ)」投下。
十五日、ポツダム宣言を受諾《じゅだく》し、連合軍に無条件降伏。
九月、降伏文書に調印。
マッカーサー元帥《げんすい》、日本管理方針発表。
戦犯《せんぱん》(戦争犯罪人)容疑者第一次逮捕《たいほ》令。

ポツダム宣言実施勅令公布。

十月、政治犯釈放。思想警察廃止。

治安維持法等、廃止。

十一月、占領軍総司令部が財閥《ざいばつ》解体を指令。

日本自由党、日本進歩党結成。

陸・海軍省廃止。

十二月、日本共産党再建。

総司令部、農地改革を指令。


私の通った小学校は、桃井《もものい》小学校であった。私の家からはかなり遠く、当時は集団登校などなかったので、はじめの何回かは、母がいっしょに行ってくれた。

今となっては記憶が定かでないが、一、二年の低学年は男女共学で、高学年になると男女別学になったと思う。

教室での座席は背の高さの順になっていて、私は当時としては背の高いほうだったので、小学校でも、中学校でもいちばんうしろの席だった。
一、二年の担任《たんにん》は本間うめ先生で、優しい方《かた》だった。三年生の時の担任は金井という男の先生で、ある日、ハサミなど刃物《はもの》を他人に渡す時には、自分が刃先を持って渡すのだと教えられた。
六年生の時だったか、前から二、三番目の席のK君があわを吹いて倒れ、しばらくすると、いきなり窓の方へ走って行って飛び降りようとした。あわてた周囲の級友が押さえて事なきを得《え》た。その後、担任の先生は、周囲の生徒の何人かを指名《しめい》して、K君が発作を起こしてあわを吹いて倒れると、彼を押さえていることにした。K君の家は学校の裏《うら》門を出てすぐ左にあった。その家の庭には大きな桑《くわ》の木があった。その木には特別な蚕《かいこ》がいて、天然まゆを作った。まゆは蚕が口から吐《は》き出す分泌《ぶんぴ（ぴつ）》物《ぶつ》で作られ、生糸《きいと》の原料になる。天然まゆを原料とする生糸は貴重で、その生糸で作られる絹織物や帯《おび》は高価である。

校庭には土俵《どひょう》があった。屋根も柱もあって立派《りっぱ》な土俵だった。体育の時間に級友とすもうをとった。私の得意技は、うっちゃりと肩すかしだった。

前橋駅の左側の踏切を渡って、駅の向う側に行くと田んぼや養魚池がある。さらに行くと、桑畑がいくつもあった。桑の葉は蚕に食べさせるが、実《み》は食べられる。歩きながら、よく食べた。ポケットに入れると、ポケットの中が紫色《むらさきいろ》になった。その先にある前橋中学は行幸道路《ぎょうこう》に面していた。天皇が行幸したことがあるので、そう呼ばれたという。前橋中学の卒業生には鈴木貫太郎がいた。海軍大将《たいしょう》で、一九三六年（昭和十一年）の二月に起きた二・二六事件の際、襲われて負傷した。日本が無条件降伏した一九四五年（昭和二十年）に、小磯《こいそ》国昭内閣の後をつけて内閣総理大臣になった。降伏前、最後の首相だった。行幸道路は、この人物と関係があるのだろうか。

行幸道路から南の方を見ると感化院があった。法を犯した少年たちを更生させる施設だったらしい。そこからさらに西へ行くと、二子山と呼ばれていた古墳があった。B29の空襲を受けた時、病身だった母を姉がリヤカーに乗《の》せて二子山まで避難した。母はそこで、しきりにお経を唱《とな》えていたという。

二子山附近（注、前橋には二箇所に二子山古墳がある）

われの悔恨は酢えたり

さびしく蒲公英《たんぽぽ》の茎を噛まんや。

ひとり畝道《あぜみち》をあるき
つかれて野中の丘に坐すれば
なにごとの眺望かゆいて消えざるなし。
たちまち遠景を汽車のはしりて
われの心境は動擾せり。
（萩原朔太郎）

前橋中学校を受験したとき、学科試験のほかに体力測定と口頭試問があった。体力測定では鉄棒で逆上《さかあが》りをさせられた。口頭試問では試験官が、「最近よく言われている標語は何かね」と言う。私は、「はい、死して、のちやむです」と答えたと思う。あるいは、そうではなくて、「撃《う》ちてしやまん」だったかも知れない。要は、敵と戦って、死ぬまで戦えという意味の標語だった。

中学校の校門を入ると、正面が校舎の入《い》り口で、その手前の右手に「奉安殿」と呼ばれるコンクリートの建物があった。その中には天皇の詔勅《しょうちょく》が収納されていた。「大詔奉戴日《たいしょうほうたいび》」には教頭がその詔勅をうやうやしく講堂に持っていって、全校生徒の前で厳《おごそ》かに読み上げるのだった。私たち生徒は、両手を膝下《ひざした》までおろし、頭を最大限下げる「最敬礼《さいけいれい》」の姿勢《しせい》で詔勅を聴《き》いた。

今となっては記憶が定かでないが、何年生の時だったか、私の隣の席の生徒は絵が上手《じょうず》で、授業中によく飛行機の絵をノートに書いていた。戦闘機よりも爆撃機の絵が多かった。彼はのちに東京大学工学部の建築科に進学した。

中学校には配属将校《はいぞくしょうこう》がいた。退役した将校が派遣されて来ていたのである。教練《きょうれん》の時間になると、私たちは校庭に面した校舎の一角《いっかく》にある武器倉庫の中から「三八《さんぱち》式歩兵銃」を持ち出して、配属将校（仮にAと呼ぶことにしよう）の前に整列《せいれつ》した。Aは私たちにいろいろな訓練をさせた。ズボンにゲートルを巻いて軍帽《ぐんぼう》をかぶった私たちは、銃を抱えて校庭を這《は》って進む「匍伏前進《ほふくぜんしん》」をしたり、高く積んだ跳び箱を蹴《け》って、その上に登ったりした。時には、銃の代りに木銃《もくじゅう》を持って集合し、Aの指示に従って「刺突訓練《しとつ》」をさせられた。実戦では銃の先に短剣を装着《そうちゃく》して銃剣にし、敵兵を刺殺《しさつ》（刺《さ》し殺す）するというのである。日本軍は昭和十二年十二月に（私は当時、小学校一年生）南京を占領したが、配属将校Aは南京攻略《こうりゃく》戦に参加したと話した。実際に人を刺したことがあるらしく、

「銃剣で刺したら、すぐに思い切り引っぱらないと抜けなくなる」と教えて、私たちに、気合いを入れて思い切り引き抜く訓練をさせた。

当時、私たちの中学では英語を教えていた。英語は「敵性言語」だからというので使わない時代だった。ドレミファはハニホヘトイロハで歌わされた。そういう時代に前橋中学では英語を教わった。陸軍と違って海軍では英語を使っていた。卒業生の鈴木貫太郎は海軍大将だったので、何らかの指示をしたのかも知れない。

英文法の時間に、「ボーズ」(坊主)という仇名の教師は、「アイ・マイ・ミー」、「ユー・ユア・ユー」とクラス全員に大声で言わせたが、「そんな声では敵の戦艦《せんかん》は轟沈《ごうちん》しないぞ!」と言って、教室の窓ガラスがふるえてビリビリと音を出すくらい大声を出せと要求した。轟沈《ごうちん》というのは、日本の航空機や潜水艦《せんすい》が魚雷《ぎょらい》を命中させて、瞬時に敵の戦艦その他の艦船を沈没させてしまう言葉である。私たちが小学校六年生だった一九四二年(昭和十七年)の六月にミッドウェー海戦で日本連合艦隊の主力である航空母艦の大半を失うという潰滅的大損害を受けていた。以後、日本は制海権も制空権も失って、敗戦に向かうことになった。しかし、政府も軍部もマスコミ(新聞やラジオ)も事実を隠して、あたかも日本軍が勝っているかのように国民に伝えていたのである。私たちが中学一年生になった一九四三年（昭和十八年）の二月にはガダルカナル島が奪われた。飯田進『地獄の日本兵』には、次のような記述がある。

「ガダルカナル（注、ニューギニア島の東方にある小島）戦」は、太平洋戦争において日米両軍の初の本格的な戦いでした。日本軍がようやく飛行場を完成させた昭和十七年八月、それを待っていたかのようにアメリカ軍は総艦数八十二隻、二万名もの大部隊を上陸させてきました。日本軍は二千六百名の作業部隊のほかに、わずか二百五十名の陸戦隊しか配置していませんでした。……もちろん、抵抗のしようもありません。日本兵はたちまちジャングルに潰走《かいそう》しました。

戦時中の最高統帥《とうすい》機関であった大本営《だいほんえい》は、ガダルカナル島への上陸がアメリカ軍の本格的な反攻とは認識していませんでした。

威力《いりょく》偵察の程度だろうと考えたのです。それが誤算でした。ガダルカナルの飛行場は敵に利用され、敵機が発着するようになりました。それに対して日本軍の飛行場は、はるか千キロ北西の基地ラバウルにしかありませんでした。

日本軍は八百名を駆逐艦《くちくかん》に分乗《ぶんじょう》させ、ガダルカナル島に再上陸しましたが、経験したことのない猛烈な銃火をあび、あっというまに全滅しました。驚《おどろ》いた大本営は、今度は川口少将が指揮する五個大隊六千名の部隊を送り込みました。この人数でこっそりとジャングルを進み、不意をついて白兵突撃（注、飛び道具を使わず刀ややりの類を手に持って戦う接近戦）すれば、敵をせん滅《めつ》（注、みな殺《ころ》しにすること）できるはずだと考えたのです。……だがそこにも誤算がありました。ガダルカナルの熱帯雨林の凄《すさ》まじさは、想像を超《こ》えていたのです。四、五十メートルにもなる高さに枝葉がぎっしり密集して、昼でも地面に光が射《さ》しません。おまけに巨大な岩石や倒木がいたるところにあって、部隊の進路をはばみました。兵士たちは相互《そうご》の連絡もとれず、攻撃予定日になっても攻撃準備位置に到達できなかったのです。一方、アメリカ軍は集音マイクをジャングルのいたるところに設置して、日本軍の動きを正確にキャッチしていました。バラバラに夜襲を試みた日本軍の攻撃は失敗しました。そして後方に撤退《てったい》を余儀なくされた途端、飢えが兵士たちを襲います。…飢えと疲労とマラリア、アメーバ赤痢による地獄の責苦……。ようやく事態の重大さを知った大本営は、昭和十七年十月、二万八千名の大兵力の投入を決定しました。……しかし、この攻撃部隊を乗せた日本の輸送船団は激しい敵機の空襲を受けて、六隻《せき》の輸送船のうち半数が沈没してしまいました。残りの輸送船がようやく陸揚げした武器弾薬、食料なども、同じく空襲のためほとんど焼失してしまいました。重ねてその一ヶ月後、新たに繰り出した輸送船団十一隻も七隻が撃沈され、上陸できた将兵は、二千名ほどでした。それにもかかわらず日本軍は、再び密林を迂回して、三度目の攻撃を行うことになりました。

ところが、熱帯雨林はまたしても頑強に兵士たちの進撃をさえぎったのです。攻撃予定日は変更を余儀なくされ、気づかれていないはずの迂回作戦は筒抜けになっていました。米軍は鉄条網をはりめぐらし、幾重もの縦深陣地を構築して日本軍を待ち受けていました。ものすごい銃砲撃を浴びて、攻撃は頓挫《とんざ》しました。白兵突撃はまったく効果を発揮しませんでした。そして再び兵士たちは、飢えと戦う運命に陥ったのです。……

激しい論議の末に、大本営はガダルカナルからの撤退を決定しました。……昭和十八年二月、夜の闇の中で生き残った一万名の兵士が駆逐艦隊により救出され、撤収作戦は終了しました。三万一千人の兵力を投入したうち、実に六七％が死亡したことになります。その大多数は飢えで命を落としたのです。……

ガダルカナル島を離れてしまえば助かったのかというと、そうではありません。実は、救出後も多くの兵士が命を落としています。……戦争の惨状が国民に知れわたることを恐れた軍部によって、生きのびた兵士たちは、敗戦まで祖国に帰ることを許されませんでした。他の戦線に投入され、戦わされたのです。……陥落の二日後、大本営は国民に対して、このように報じました。

「ソロモン群島ガダルカナル島において作戦中の部隊は、昨年八月以降、引き続き上陸せる優勢なる敵軍を同島の一角に圧迫し、激戦敢闘克く敵戦力を撃挫しつつありしが、其の目的を達成せるに依り、二月上旬同島を撤し他に転進せしめられたり」

私たち前橋中学の先輩《せんぱい》には軍神がいた。辞典には「軍神とは、軍人の模範となるようなてがらをたてて死んだ将兵を神としてあがめること」とある。一九四一年（昭和十六年）十二月八日、日本はハワイの真珠湾を奇襲攻撃したが、この時、航空機だけではなく、特殊潜航艇という超小型潜水艦が対潜網をかいくぐって湾内に侵入した。その一人が岩佐中佐（大尉《たいい》だったが、功績が認められて、死後二階級特進した）で、生家が中学の近くにあり、甥に当たる人が私と同級だった。また、私の一年生の時の担任の先生は、岩佐の担任だったと感激して話していた。

中学二年になった一九四四年（昭和十九年）の六月、アメリカ軍がサイパン島に上陸した。東条英機首相は、昭和天皇の前で「サイパン島は陥落しません」と奏上していた。しかし、ミッドウェー海戦（一九四二年、昭和十七年六月）で航空母艦の大半を失って制空権を失っていた日本は、わずか十日でサイパン島を失った。戦死者四万千二百四十四人、民間人の死者は一万人を超えた。千六十二人の日本兵が降伏した。「捕虜になるな」という日本軍部の指示に従って、多くの民間人が島の断崖（バンザイクリフ）から海に投身したり、軍から渡された手榴弾で自決した。自決を拒《こば》んで日本兵に殺された人もあった。陥落の事実はすぐには知らされず、大本営が「玉砕（全員死亡）」と発表したのは九日経ってからだった。その日に東条内閣は総辞職した。

（参考文献『大日本帝国の戦争2・太平洋戦争』毎日新聞社）

しだいに戦局が厳しくなってきて、農家の働き手が出征して人手が足りなくなってきた。中学二年生になった年の八月に、学徒勤労令（動員令）が出された。私たちは前橋市近郊や赤城山《あかぎやま》中腹の農家へ「勤労動員」されることになった。いろいろな農家へ行って働いた。はじめは日帰りだったが、やがては泊り込みで働いた。学校には行かないので、時々、先生たちが巡回してきた。村の消防小屋に集められて数学を教わったこともあった。

私たちが「カチャキン」と名付けた農家では、副業にはたおりをしていた。醤油や味噌を造っている農家もあった。田んぼを持っている農家も畑を持っている農家もあった。

稲刈《か》りも麦刈りもした。稲刈りの鎌《かま》と麦刈りの鎌が違うことも知った。

赤城山の中腹にある農家で働いた時は、赤城おろしと呼ばれる冷たい風の中で「麦踏《ふ》み」をした。麦を踏みつけないと霜《しも》で畑の土が浮き上がってしまうのである。

ある農家で入浴したが、その家の人が何日か入って、湯をとり換《か》えないので、ものすごくくさかった。

そばの花をはじめて見たこともあった。

ある農家では、戸外の馬小屋で馬を飼っていた。その馬を使って畑を耕《たがや》していたのである。ある日、その馬がどういうわけか主人を蹴《け》った。ものすごく恐《おこ》った主人は、何度も棒で馬をなぐった。

前橋近郊のある農家では、四、五人の生徒で田植えを手伝っていたが、田んぼの水の中で、うしろの方を何かが走った気配《けは》いがしたので振り向くと、赤いまむし（蝮）だった。

その家で食事をしていた時、大きな丸テーブルを囲っていたが、友人の一人が自分の前にあるおかずではなく、向い側の席の前にあったおかずに箸《はし》を伸ばした。すると、その席の友人が、「おい、自分の前のものを食べるものだよ」と静かに諭《さと》した。

友人に教えられることは多かった。まだ勤労動員に出る前のこと、私たちは放課後、自分たちの使っている便所を掃除したが、便器についた大便を、「おれがやるから」と言って率先《そっせん》して掃除する友人がいた。この男は、前橋中心街の富裕な鞄屋の息子だった。

やがて私たちは、利根川の橋を渡った向う側の「新前橋」という駅からしばらく歩いたところにある「理研」という工場で働くことになった。「勤労動員」と言った。

萩原朔太郎の「新前橋駅」という詩を書こう。

野に新しき停車場は建てられたり
便所の扉《とびら》風にふかれ
ペンキの匂ひ草いきれの中に強しや。

烈烈たる日かな
われこの停車場に来りて口の渇きにたへず
いずこに氷を喰《は》まむとして売る店を見ず
ばうばうたる麦の遠きに連なりながれたり。
いかなればわれの望めるものはあらざるか
憂愁の暦は酢え
心はげしき苦痛にたへずして旅に出でんとす。
ああこの古びたる鞄をさげてよろめけども
われは瘠犬のごとくして憫れむ人もあらじや。
いま日は構外の野景に高く
農夫らの鋤に蒲公英《ほうむ》の茎は刈られ倒されたり。
われひとり寂しき歩廊の上に立てば
ああはるかなる所よりして
かの海のごとく轟ろき　感情の軋《きし》りつつ来るを知れり。

理研工場では工員たちに混じって仕事をした。「鍛造《たんぞう》」という部所で働いた。正面旋盤《せんばん》という大きな工作機械を使って材料の金属を削《けず》った。私たち三人が一組になって仕事をした。教室ではきれいな字でノートをきちんとまとめていた一人が、とても器用で、まるで熟練工のように作品を仕上げた。あとの二人はたいてい彼の仕事ぶりを眺めていた。それでも時々失敗すると、「おしゃか」といって捨てられた。離れたところで「シェーパー」という機械を扱っていた友人は、指を一本切り落してしまった。

一日の作業が終って手を洗うせっけんは、さなぎ油から作られた、一種の粉せっけんで黄色をしていた。よくは知らないが、蚕がつくるまゆを煮て、生糸を引き出す。不用になったまゆの中にさなぎが入っている。そのさなぎからとった油がさなぎ油だ。それを原料にした黄色い粉は、せっけんの材料にされるほか、魚の餌《えさ》にもなる。駅の近くの鯉の養魚池で播《ま》かれていた。

サイパン島に引き続いてテニアン島やグアム島を占領したアメリカ軍は、日本本土を空襲する航空基地を確保した。

一九四四年（昭和十九年）六月十六日、中国奥地の四川省《しせん》の成都《せいと》を発進した約五十機のB29爆撃機が、二千五百キロ離れた北九州の八幡製作所を爆撃した。往復五千キロで、B29の航続距離は五千二百三十キロだから、限界ぎりぎりで、B29による日本本土初空襲だった。

当時の戦局は日本軍自身がその敗勢をはっきり自覚せざるを得ない段階に達していたが、アメリカ軍としては、いずれは日本本土に上陸して六千万の軍人、民間人と戦わなければ、日本は最終的に降伏しないだろうと考えていた。アメリカ軍は日本への上陸作戦前に、日本本土の軍需工場を徹底的に破壊する必要があると考えた。そのために、出来るだけ遠方の基地から爆撃機を発進させる戦略を立てた。一九四四年一月末、九十七機のテスト用B29が完成した。新たな対日戦略爆撃の基地を獲得するため、八幡製鉄所爆撃と同じ日（六月十六日）にアメリカ軍はサイパン島に上陸した（参考文献『米軍が記録した日本空襲』草思社）

この頃（一九四五年、昭和二十年春から初夏）になると、B29を護衛してきたアメリカの戦闘機（グラマンやＰ51）が、地上で動いているものを見ると狙撃《そげき》するようになった。ある日、工場で働いていると空襲警報《けいほう》のサイレンが鳴ったので工場の外に避難すると、畑の中で頭を抱え込んだ私は、そうした一機に銃撃された。いつ殺されるかわからない時代だった。

学校には行かないで毎日家から工場に通っていたが、ある日、何かの用事があって久しぶりに学校に行ってみると、校舎が輜重兵《しちょうへい》部隊に接収《せっしゅう》（注、国家などが権力をもって取り上げる）されているので驚いた。学校から私たちに何の連絡もなかったのである。見上げるような巨大な樽《たる》が校舎内の廊下にいくつも置いてあった。兵士たちの食べるタクアンを漬《つ》けてあったらしい。

輜重兵部隊は軍需物資を運ぶ部隊なので、校内で馬を飼っていた。その後どういう経過があったのか、おそらく学校と部隊の間で何らかのやりとりがあったのだろう。馬術部がつくられ、私も希望して入部した。日曜日にでも活動したのか、今では忘れてしまった。何人かの友人たちと、それぞれ馬に乗って、校庭や周辺の農道を行き来した。周囲がまるで二階から見おろしているように、それまで経験したことのない気持ちで見えた。指導する兵士に教えられて、しだいに技術が向上し、やがて障害物を跳び越す訓練に入るところまで行ったが、前橋市が空襲を受け我が家が焼けてしまったので、馬術部はそれ切りになってしまった。

昭和二十年（一九四五年）八月五日の夜、前橋市は約六十機の大型爆撃機Ｂ29（『空の要塞《ようさい》』と呼ばれた）の爆撃（焼夷《しょうい》弾爆撃）を受けた。要塞は国防上重要な地点につくられた防御施設のことで、Ｂ29は開発費に30億ドルを要した。乗員は十一名。将校は機長、副操縦士、爆撃手、航法士、航空機関士。下士官は無線士、レーダー手、集中火器管制射手、尾部射手であった。機首部、中央部爆弾倉、後部、尾部に四分割されていて、機首部と後部を連絡する爆弾倉内の上部には直径八六・四センチ、長さ一〇・八七メートルのトンネルがあった。コンプレッサーで圧縮された空気は、内側エンジンのターボ過給機を通ることにより冷暖房を調整でき、機関士の操作で送管装置を通じ各与圧室に送られる。このため、乗員は高度三万フィート（約九千メートル）でも特別装置なしに行動することができる。

（参考文献『世界の傑作機ボーイング―Ｂ29』文林堂）

前橋爆撃の翌六日には広島市に、九日には長崎市に原子爆弾が投下された。日本がポツダム宣言《発表は七月。ベルリン郊外のポツダムで米・英・ソの首脳がヨーロッパの戦後処理と対日戦終結の方策を討議し、七月二十六日に英・米・中・三国の名で日本に降伏を勧告した。（日本とソ連は一九四一年四月に中立条約を結んでいた。ソ連が日本に宣戦したのは一九四五年八月八日で、日本が連合国に降伏した八月十五日の一週間前だった）》を受諾《じゅだく》して無条件降伏するのがあと十日早ければ、広島や長崎も無事だったし、私の家も焼き払われないで済んだのだ。

『世界歴史事典』（平凡社）には、当時の日本の状況が次のように書いてある。第五巻二六三〜四ページの藤原　彰氏の説明である。「一九四四年秋以来、重大な難局に面しながら、政治力の貧困のため何らの強力な政策をも実現できなかった小磯・米内《よない》協力内閣は、硫黄島の喪失、沖縄へのアメリカ軍上陸という危機に直面し、さらにソ連の日ソ中立条約不延長の通告を受けて最後の希望を絶たれ、四十五年四月五日「さらに強力な内閣の出現をねがう」という理由を掲げて総辞職した。（中略）後継内閣の組織は、七十九歳の老提督《ていとく》（注、艦隊の司令官。海軍の将官）枢密院議長海軍大将男爵鈴木貫太郎に命ぜられ、（中略）新内閣に課せられた使命は、完膚《かんぷ》なきまでに破壊された日本の戦力をもってなお戦争を継続するか、軍部などの熱狂的な主戦論を抑えて和平工作を推進するか、和戦いずれかの道を速急に決定する強力な政治力の発揮《はっき》であった。しかし新首相は、長い海軍軍人、また宮廷の側近奉仕者としての生涯をつうじて、政治的野心のない潔白《けっぱく》で律気《りちぎ》な軍人としての評判は高かったが、反対を押し切って決断を下す強い政治性を揮《ふる》うにはあまりにも老人（79歳）であった。（中略）鈴木内閣は内外の情勢と成立の経緯《いきさつ》からしても、当然戦争の終結をその任務とした……（中略）戦局の大勢は無条件降伏以外に平和の途がないほど日本の敗北が決定的であるにもかかわらず、依然最後の勝利を呼号《こごう》して降伏を認めない軍部の発言権が強大であるため、内閣は一方で中立国を介して条件のよい平和交渉の打診《だしん》をするとともに、一方では徹底的抗戦を主張するという和戦両様の態度をとり、その施策《しさく》もさまざまな矛盾《むじゅん》と動揺をふくむものとならざるを得なかった。（中略）軍部と政府の不統一、陸海軍の不和、主戦派と和平派の暗闘はさまざまの形で激化した。（中略）沖縄の失陥とともにアメリカ軍の本土上陸も予想されるにいたり、軍部を主導として国内態勢の決戦化が叫ばれ、内閣の主な施策もこの点に集中し、（中略）一応本土決戦の形を整えていった。しかし国民の厭戦《えんせん》

(注、戦争を嫌う)気分はますます高まり、上層階級内部にも日本の崩壊を前に終戦をはかろうとする種々のグループが画策し、政府の態度も終始一貫せず、いたずらに決断の時期を遅らせるばかりであった。(中略)この内閣の期間である四―八月の間に日本の戦争遂行《すいこう》能力はほぼ完全に破壊した。(中略)国民生活の窮迫《きゅうはく》と労働条件の悪化によって労働者の生産意欲が極度に低下し、生産力の喪失に拍車をかけた。(中略)都市空襲の被害が激増するとともに一千万人が住居を失い(中略)国民一般の戦争意志は急速に消失し、道徳は頽廃《たいはい》し、軍人、官吏にたいする反感が増大したが、配給の不公正、統制の失敗、闇《やみ》取引の横行、上層階級の腐敗はこの傾向をいよいよ増大させ、厭《えん》戦気分が全国にみなぎった。陸海軍の戦闘力もこの期間に完全に潰滅《かいめつ》した。(中略)終戦時にはわずか小型空母二隻を残して連合艦隊は全滅していた。(中略)一九四五年の四、五月ごろから、日本の戦争遂行能力の崩壊は決定的となってきたから、国民からスローモー内閣の評を受けた鈴木内閣といえども、戦争の終結について真剣に考慮せざるを得なくなった。このため同年六月の御前会議で「國体を護持し皇土《こう》の保衛をもって戦争を完遂《かんすい》(注、やりとげる)する」との結論を出した。しかしこの決論は、主戦和平両論者それぞれに解釈され、軍部は依然本土決戦と竹槍による一億特攻を叫び、政府もいたずらに日をすごして国民の被害を大きくするのみであった。この間《かん》本土戦場化の場合における天皇制の崩壊を危惧《きぐ》する宮廷側近が、条件付きの和平交渉について画策し、政府もついにソヴエト政府に仲介を依頼するため、近衛文麿《このえふみまろ》（注、首相三回。東亜新秩序建設、新体制運動を推進。大政翼賛会創立。戦後、戦犯指名を受け自殺した）の特派を決定した。しかし、この通告にたいするソ連の回答がないうちに、七月二十六日アメリカ、イギリス、中国三国のポツダム共同宣言が発表され、日本の無条件降伏が要求された。しかしながら内閣はこの宣言の重大性を認識することができず、軍部の強い要求があり、内閣書記官長の談話として日本政府はポツダム宣言を無視するという態度を明確に表明した。このため連合国は日本の態度を降伏拒否と認め、八月六日アメリカ空軍は広島に史上最初の原子爆弾を投下し、一瞬にして十六万の市民を死傷させた。こえて九日長崎に原爆投下、八日にはソヴエトはヤルタ協定にもとづいて対日戦争に参加を宣言し、九日はやくも国境を突破して南下したソヴエト軍は精鋭を誇《ほこ》った関東軍を一挙に潰滅させ、たちまち全満洲を占領した。ソヴエトの参戦によって平和交渉にかけた政府の一縷《いちる》の（注、ほんのわずかな）希望も絶《た》たれ、ポツダム宣言を受諾《じゅだく》して無条件降伏をするか、坐して全土の潰滅《かいめつ》を待つかの決定を迫られるに至った。八月九日終日開かれた最高戦争指導会議および閣議でも結論が出ず、同日夜から十日朝にわたった御前会議で、ついに降伏が一応決定された。しかし天皇制の維持に執着を持つ政府は、宣言の内容と降伏の具体的条件について種々の異論を持ち、一方では国内の強硬派を抑える必要からも、天皇制についての連合国の保障を執拗《しつよう》に求めた。しかし無条件降伏を主張する連合国の態度が強硬であったから、八月十四日の御前会議でついにポツダム宣言の無条件受諾が最後的に決定された。」

前橋市が空襲された夜、あらかじめ知り合いの農家から借りておいたリアカーに姉が母を乗せて、二子山方面に避難した。母は私を産んだ翌年、片方の腎臓《じんぞう》を摘出する手術を受けた。以来、ずっと病身だった。手術をした医師は父に、それが医学上の常識なのだということで、「この手術をしたあと、十年はもちません」と言ったという。

母は父からその話を聞いたのだろうか、そのころ一時、自棄的になって、少しのことでもヒステリーを起こして泣き叫《さけ》んだという。しかし私の記憶では、そういう取り乱した母の姿を見たことはなく、いつもおもしろいことを言って、周囲の人たちを笑わせていた。幼いころの私を「歯っ欠け、鼻てん、ドングリ目」と言っていた。鼻の穴が天井《てんじょう》の方を向いているというのであろう。太平洋戦争で日本が落ち目になったころから、季節の変わり目になると母は血尿が出て苦しむようになった。

母と姉が避難したあと、兄は軍人だったし、叔母一家もどこかへ逃がれて、父と私が家に残った。

空襲警報のサイレンが鳴り、父と私は井戸端《ばた》に布団《ふとん》を持ち出した。庭の築山には私の掘った防空壕があった。空襲が始まったら、布団《ふとん》に水をかけ、それをかぶって防空壕を出入りして火を消そうという手筈《てはず》になっていた。

実際にその時がやってきて、夜空が昼間のように明るくなった。飛来したB29の編隊がパラシュートにつけた昭明弾を投下したのである。しばらくすると、父が突然「これはだめだ。お前逃げろ」と言い出した。とても消火できるような状況ではないと、とっさに判断したのであろう。二人で逃げる相談はしてなかった。

私は、家の前の、伊勢崎方面と群馬県庁や利根川、さらに高崎方面へと続く幹線道路を渡って、向う側の「丸茂材木店」のわきを流れている側溝に向《む》かって走った。側溝の中には自転車が入れてあった。

教科書やノート類をあらかじめ荷台にくくりつけてあった自転車に乗り、B29の侵入して来る方角である伊勢崎方面に向かって全力で自転車を漕いだ。前橋市の郊外に出たところで振りかえると、市街が燃えていた。時々、大きな爆発が起こった。自転車にくくりつけておいた教科書類はすべてなくなっていた。夜通《よどお》し、市街の燃えるのを見続けた。これほど大規模な火災は見たことがない。

家までどういう道筋を通って帰ったのか、はっきりしない。

父も母も姉も無事だった。父は、家の近くにある馬場川の向かいにある東福寺という寺に逃げ込んだという。

我が家は焼けこげたトタン板を残して、完全に焼けてしまった。焼け跡を歩いていると、庭の防空壕の中には、空中で焼夷弾の大きな束《たば》から離れて落下した焼夷筒が何本も突き刺っていた。その中に避難していたら命はなかった。

庭に出して置いた釜は焼けて半分になり、黒焦《こ》げの米が少し入っていた。

戦後、市の区かく整理が行なわれ、生家のあった場所も庭も、近所に移動させられたので、私の育った家も庭も、記憶の中に存在するだけになってしまった。

叔母たちとは、その後、音信不通になってしまった。

前橋空襲のあと、私たちの耳には、どこどこの防空壕では多くの人が亡くなったというような悲惨な話が入ってきた。しかし、そういう体験の記録はなかった。私は前橋中学を卒業してから北陸方面に行って、前橋には時々帰るだけだった。戦後三十年以上たったある日、前橋の本屋で『直撃弾を逃れて。8.5 前橋空襲の記録』（戦争を知らない世代へ㊹群馬編）という本をみつけた。創価学会青年部反戦委員会が第三文明社から昭和五十三年八月五日（前橋空襲からちょうど三十三年後にあたる）に初版第一刷を発行した。読み進めると、三十七人の人たちが、それぞれの恐怖の体験を手記にしている。あとで、そのうちのいくつかを紹介するが、これは貴重で恐ろしい記録である。

「発刊の辞」には、次のように書いてある。

（昭和五十三年七月五日　創価学会青年部　群馬県青年部長　小倉雄一郎）

「（前略）戦争を知らない世代が人口の三分の二以上になった今日、戦争の悲劇、人間が人間を殺戮《さつりく》するという恐ろしさに対する意識が薄らぎ、しかも、日本が経験した三十三年前の戦争の苦い体験さえも語り継がれることもなく、単なる歴史の一ページとしてのみ記されるだけになろうとしている。

こうした事態を知った創価学会青年部の前橋反戦平和委員会のメンバーは、五十年八月五日に第一回反戦平和の市民集会を開き、その席上で、前橋空襲の原体験者から、悪夢とも言うべき当時の模様を聞き出し、一冊の本にまとめ刊行することを決議した。以来、着実な活動を進め、ここに発行することになった。

当時の恐ろしさを語ってくれた人たちは、昨日のことのように鮮明に覚えていた。生死をさまよう恐怖は明確に生命に刻まれていたのである。なかには口にするだけでもおぞましいとさえと語った人もいたほどだ。

そうして寄せられた体験記録を読み、私自身、身の毛のよだつ思いに駆られた。と同時にこの記録を、何としても後世に語り継いでいかなければならないと決意した。(以下略)

私はこれらの体験記のいくつかを紹介してみようと思う。

「近くの桑畑の中に、親子四人がもぐり込みました。焼夷弾の数十個が一度空中で炸裂《さくれつ》し、落下と同時に大音響。一瞬で火の海と化す恐ろしいものでした。（中略）付近の学校の校庭が露天火葬場となりました。また、空地や野原で、同じような光景が見られました」

（中林ノブ）

「なぜこんな安全だろうと考えていた壕で、壕内圧死という大惨事が起きたのか。それはあまりにも大勢の人たちが我勝ちになだれ込んできたためと結果的には判断された。（中略）空襲の恐怖におびえ、気の動転した大衆が無我夢中で逃げ込んだため、先入者のうえに折り重なるように倒れ込み、それで押しつぶされ圧死したと考えられる。（中略）惨死者は三十四、五人と聞いた。」

（田村茂平丸）

「東京の焼野原では不用になった、深谷の消防自動車が前橋市内を動き回っていたり、小学校の校舎には、何のためにいるのかわからない兵隊が駐屯《ちゅうとん》したりしていた。（中略）八月五日、その夜も、昨夜に続いて、警戒警報のサイレンがけたたましく鳴り出した。「今夜はどこかなあ」と話していたら、突然警報は、早くも空襲警報に変わった。「九時四十分」

だった。（中略）長い時間が過ぎた。B29は、錫箔《すずはく》をまきちらしながら、飛び去って行った。（中略）十一時四十分、大火災による気象の急変で雨が降り出した。（中略）前橋空襲による被害は、市内二万八百七十一戸のうち、全焼一万一千四百六十戸、半焼五十八戸、死者五百三十五人、負傷者八百五十八人以上、そして投下された焼夷弾の数十八万四千発であったそうである。」

（高橋嘉幸）

「その後、一番東にある八畳間に入ったら、部屋の真ん中に父が寝ていた。私は起こして敵機が攻撃しているから早く逃げないとあぶない、すぐ逃げようと言い聞かせ、私が背負うようにして立つと、床の間に焼夷弾が屋根を貫いて落下し、火を吹き出した。恐ろしくなり、急いで中の間を通り抜け一番西の八畳間を南に出て、廊下まできた。その時、すぐ目の前の庭六尺くらいのところに焼夷弾が落ち、火が吹き出ていた。私は驚き、とっさの判断で父を縁側に寝かせ、その上に覆いかぶさった。」

（比留川鎮男）

「途中、焼夷弾が雨の降るような音をたてて落ちてきました。その中を三人で必死になって逃げました。三俣《みつまた》のたんぼに出る間にもあとからあとから焼夷弾が追いかけるように落ちてきました。（中略）その時、空からパチパチと音を立てて機関銃が発射され、それが水田に散りました。（中略）途中、やけどした四歳くらいの子供がぬれた布団《ふとん》の上に寝かされているのを見ました。その時、私の子供のことを思い出し、泣けてきました。布団の上に寝ている子供がかわいそうで、近所の家に行き、ネギを二、三もらって子供の所へ持って行き、「ネギをもんでつけてやっては」といって母親らしい人に手渡しました。すると、その人は、「ありがとうございます。けれど全身やけどで手のつけようがありません」といいました。子供の母親と私はその子があまりにもかわいそうで、しばらく泣き続けました。

その場を離れてしばらく行くと、今度は女の人が死んでいました。年齢を聞いたら、まだ十七歳だったそうです。（中略）道すがら、また悲惨《ひさん》な光景を見ました。あぜ道に五十歳くらいの男の人が左腕を肩の下からもぎとられ、助けを求めていました。姪が手ぬぐいでしばってやりましたが、出血が多いのでどうすることもできませんでした。」

（工藤フミ）

「植えたばかりの青田は（血で）真っ赤《まっか》な池に変わっている。細い、一本の田んぼ道は、死体の道に変わっていた。両側の左右の田んぼの中は、数えられないほど多くの死体があった。苦しい声をあげて、泥と血のかたまりとなってかすかに動いている重傷者もいる。かわいらしい小学生の女の児。いじらしいほどの男の児。それぞれが学生には何よりも一番大切な教科書をつめた袋をしっかりと抱きしめ、田の中を息の絶えるまで這《は》いつづけた跡を残して死んでいた。」

（大矢吉一）

「利根橋を渡り紅雲町の土を踏《ふ》んだとたん、前夜の大空襲で焼け落ちた家々が道をふさぎ、片足をもぎとられた父親、後頭部半分が削り取られた子供を抱きかかえ泣き狂っている母親、はらわたが全部流れ出てしまった息子を戸板に乗せ呆然《ぼうぜん》としている家族等々、いやおうもなく目に飛び込んでくる。（中略）私の父は、紅雲町に住んでいるいとこの安否《あんぴ》を気遣って出て行ったが、青ざめて帰ってきた。何と九人兄弟の一番末の光重（当時九歳）が昨夜の空襲で両親と田んぼに避難したが、抱き起こそうとした時には息絶えていたという。見ると、頭部に焼夷弾の破片がもろに突きささり、頭半分がない。きっとまわりが火の海と化し、布団をかぶって避難していたものの、あまりの熱さに我慢できず頭を出した瞬間にやられてしまったのであろう。」

（森山タケ）

「母と妹を、当時私の在学していた旧制中学校の近くにある二子山へ避難させたのでした。それが後で、私を非常に心配させ、後悔させる結果となってしまいました。

私と兄とは、庭に作った小さな防空壕に入りました。当時、どの家でもある程度の敷地を利用して、穴を掘り、上に丈夫なフタをして土をかけ、壕を作っていました。もうラジオも聞けず真《ま》っ暗《くら》な中でジッとしていました。その時は、何を考えていたか、今は記憶に残っていません。壕に入って三十分くらいたった頃でしょうか。B29独得のブルン、ブルンという低い爆音と夕立の雨足のようなパラパラという音があちこちで起こりはじめました。「兄《あん》ちゃん、前橋だ！　今夜は」と叫んで、壕から外へ出ると、もうあちこちに火の手が上がり、市のまわりには数十発の昭明弾が空中に強烈な光を放ちながら、ゆっくりと降下し、あたりは真昼のような明るさでした。

そして、焼夷筒から吹き出た、ガソリンを含《ふく》んだゴム状の塊に火がつき、屋根といわず、樹木といわず、道路一面、さらには電話線までが青白い火を吹きはじめ、やがて真っ赤《まか》な炎となって、文字通り火の海となりました。

空には対空砲火のないのを知り尽くしたかのようにB29が超低空に舞い降り、地上の炎の光を受けて真っ赤《まか》な胴体をさらけ出し、巨大なイモリを思わせる本当に魔物の姿のように、何機も何機も通り過ぎて行きました。（中略）私の前方を走っていた人が、いきなり三十センチほど飛び上がり、倒れて動かなくなってしまいました。あとで聞くと、直撃弾にやられたということでした。（中略）梨畑の中には数十人の人があちこちにうずくまっていました。薄明りの中で、「大きな声を出すな。B29に聞こえるぞ」と真剣に注意している人がいました。皆それを信じ込んでひそひそと家族の安否等、話し合っていました。（中略）やがて夜も白みはじめ、それぞれ焼け跡めざして引き上げはじめました。大きなショックと悪夢が少しずつさめてゆくといった感じでした。

その頃になって、私は母と妹の安否《あんぴ》が急に気になりはじめ、また走るようにして二子山の方へ向かいました。果たして、そこで二子山へ避難した人たちの大半《たいはん》が銃撃でやられたというニュースが入ってきました。

それを聞いて、私は呆然《ぼうぜん》と立ちすくんでしまいました。兄に励《はげ》まされ、付近まで行ったのですが、非常線が張られて立ち入ることができず、私はその場にうずくまり、激しい後悔《こうかい》と不安に駆られ、動けませんでした。それでも気を取り直し、家の方へ歩きはじめたところ、踏切の前で立っている母と妹を発見しました。

その時の喜びは、今でも忘れることができません。思わず何かに向かって、「ありがとうございました」と叫びたい気持ちでした。母たちは、私の教えた道を間違えて、当時、中学校に駐屯《ちゅうとん》していた青葉部隊の軍用の防空壕に入っていて助かったとのことでした。（中略）私のように一家が無事であったのは幸いで、あちこちで変わり果てた肉親と涙の再会をする光景が見られたのです。焼けてしまって人間とも思われない死体を焼けトタンに乗せ、また、その上にトタンをかぶせて東福寺に運び、茶毘《だび》にふし、その臭《にお》いと煙が幾日も続きました。」

（山岸稔）

「頭の上では、照明灯が落下傘《らっかさん》に取りつけられ、静かにゆれていました。その明りで、白い壁は昼間のようにハッキリ見え、闇夜に家が一軒一軒浮かぶように見えました。また、新聞の字さえ見えました。B29が低空《ていくう》飛行すると、窓ガラスが裂《さ》けるようなビリビリという音がしました。姉妹四人は、あまりの恐ろしさに抱き合ったまま「死ぬ時は一緒《いっしょ》よ」と言い合って、夜明けを待ちました。翌朝、私たちは、前橋から焼け出されて歩き通しでした。(中略)途中、妹の担任だったK先生が婚約者と抱き合ったまま川の中で死んでいました。」

(武藤初江)

「その時、焼夷弾が一発、私たちの前に落ちて「シュー」と火を吹いた。一人の婦人が傍にあったバケツですっぽりと蓋《ふた》をした。どうやら消えたらしい。広瀬川を渡り、ふと明るい空を見上げると、ザザーとまるで大雨でも降っているような音とともに、赤い光を引いて焼夷弾が落ちてくる。(中略)罹災《りさい》しなかった者は会社に行かなくてはならない。国鉄前橋駅に行く途中、八間道路の坂上に立つと駅前まで建物はなかった。でも、駅は残っていた。上毛倉庫の赤煉瓦の窓から時折、赤い炎が吹き出ていた。」

(天田仙太郎)

「私は当時六歳でした。防空壕を出たり入ったり、空襲警報には慣れっ子になっていました。（中略）東の空が真《ま》っ赤《か》な炎につつまれ、火の海となりました。防空壕から出てきた私は、母の手にすがり、「家《うち》がない」と泣きました。また、「おひなさまが焼けちゃった」といって泣きました。」

（池津君枝）

「死んでいる母親に背負われたまま身動きできずに泣き叫んでいる赤ん坊を見かけました。逃げて行く人は道路いっぱいに走っているのですが、誰一人手を差し延べる人はいません。皆自分が逃げることで精一杯だったのです。（中略）すでに足がなくなって死んでいる人、首のない人、（中略）その背後からバリバリと機銃掃射され、そのまま動かなくなる人がいました。」

（北川品子）

「逃げる途中あちらでも、こちらでも人が大やけどを負って悶《もだ》え苦しみ、泣き叫んでいる様子を見たのですが、とてもこの世のものとは思えない哀れな姿でした。」

（渡辺二郎）

「少し気が変になったのか、裸《はだか》になって怒鳴《どな》っている人の姿が、今でも地獄絵のように、まぶたに焼き付いております。（中略）そのうち小雨が降ってきたのか、と思うと、「石油だ、石油だ」という声がします。木造家屋の多い日本には石油をまいて焼夷弾を投下するのが一層、効果的だったのでしょう。何と恐ろしいことでしょうか。（中略）一軒置いた隣家の人たちは、逃げ遅れて防空壕の中で、むし焼きになって死んでいました。（中略）桑畑の中に五、六人死んでいました。その先のお墓の中には三十人ほどの人が墓石にもたれ、折り重なって死んでいたのです。（中略）私の兄も、二十年五月に東部ニューギニアで戦死しました。」

（梅村うめ）

「町に残った者は幼い子供を抱えた婦人と老人ばかり。こうした人たちに軍部が竹やりの訓練と、それに空襲に備えるためといって各戸に防火用水なる水槽を設備させ、火たたき、むしろの砂袋を用意させ、消火訓練をやらせた。（中略）暗闇の中でラジオに聴き耳を立てた。「関東軍管区情報、関東軍管区情報、房総半島を北上せる敵機B29約四十機は東部軍管区より西方に向かいつつあり、前橋地区厳重な警戒を要す。前橋地区厳重な警戒を要す」

（あとでわかったことだが四十機どころではなかった）（中略）父の姿は無残だった。足の甲は両方ともザクロのように裂け、右腕のつけ根から関節の中間の筋肉が半分えぐり取られ、肩と腹部に被弾していた。」

（松井重雄）

「急に私の歩みが止められました。負傷者の人が私の足につかまり、救いを求めているのです。見ると近くの病院の婦長さんでした。とっさに抱き起こすと、内臓は露出し、足もひどくやられていました。水を求められたので、田んぼの水を汲もうとすると（中略）私は婦長さんに血で染まった水を与えてやりました。」

（小林光夫）

以上、原体験者三十七名のうち十六名の方々の体験記の抜き書きを紹介した。この中には、私の中学の同級生や、勤労動員先の工場で働いていた人たちもいる。こういう記録が残されて、何年たっても私たちが空襲時の恐ろしい体験をまるで自分のことのように感じられるということは、本当に貴重なことだと思う。体験記を書いて下さった方々に感謝するとともに、『8.5 前橋空襲の記録』を出版した方々の熱意と努力に感謝する。

八月十五日の、昭和天皇の詔勅は、働いていた理研鍛造工場で、大勢の工員、従業員、同級生といっしょに聞いた。

五日の空襲から十五日の終戦までの十日間のことは切れ切れの記憶しかなくて、記憶があいまいである。印象に残っていることを、工場との関連であげてみると、ある日、我が家の焼け跡で、父といっしょに焼けたトタン板を叩いて延ばしていると、作業服の理研社員の人が二、三人で、ホーキや何かを持ってお見舞いに来てくれたこと。まだ工場に通っていて、先生か配属将校か来て、私たちに硬いゴム製の手榴弾を渡し、いざ敵が上陸してきたら、本物を渡すから、敵戦車の下にとび込めと言って、歯で発火栓を引き抜く訓練をさせた。「一億特攻」であった。

さて、現実に戻ると、毎日の新聞もテレビも「新型コロナ」で埋まっている。小学生の時に愛読した『少年倶楽部《くらぶ》』という雑誌に、「サランガの冒険」と並んで「見えない飛行機」という連載物があった。現在私たちがおそれているのは「見えないコロナ」だ。周囲のだれがコロナを背負っているのかわからないからこわい。だから疑心暗鬼になる。以前交際していた十人のうち八人とはつき合うな。他人との間を二メートル以上あけなさい。家の中にとじこもっていなさい。外に出たらマスクをしなさい。こういった規制がいつまで続くのか。ワクチンができるのはいつのことか。一年後か、二年先か。医療崩壊は起らないだろうか。

市営コートは八月末まで使用できなくなった。当分テニスはできなくなった。テニスをしたり碁を打つ夢を見るようになった。

（終り）

【著者紹介】
川合二三男（かわい・ふみお）
1930（昭和5）年　群馬県生まれ
旧制前橋中学校（現前橋高等学校）卒業
旧制富山高等学校（現富山大学）文科一年修了（学制改革）
金沢大学法文学部卒業（史学地理学科）
都立高等学校を定年退職

蛍の舞う庭に焼夷弾
——少年の見た太平洋戦争の記憶

2023年2月24日発行

著　者　川合二三男

発行者　向田翔一

発行所　株式会社 22 世紀アート

〒103-0007

東京都中央区日本橋浜町 3-23-1-5F

電話　03-5941-9774

Email: info@22art.net　ホームページ：www.22art.net

発売元　株式会社日興企画

〒104-0032

東京都中央区八丁堀 4-11-10 第 2SS ビル 6F

電話　03-6262-8127

Email: support@nikko-kikaku.com

ホームページ：https://nikko-kikaku.com/

印刷
製本　株式会社 PUBFUN

ISBN：978-4-88877-154-2